시인이 되는 길

시는 자전거 타기

 시(詩)는 분석하거나 설명하는 것이 아니다. 시는 자전거처럼 타고 달리는 것이다. 자전거를 칠판에 걸어놓고 분석하고 설명하고 문제 풀이까지 하면 자전거를 좋아할 아이들은 단 한 명도 없다. 시를 설명하면, 시는 사라진다. 시는 그 자체로 즐겁고 아름다운 것이다. 원래 아이들은 시를 좋아한다. 시를 만나는 가장 좋은 방법은 낭송(朗誦)이다.

 시는 동서고금을 막론하고 인문학의 가장 중요한 토대이다. 우리 아이들에게 가장 필요한 것은 영혼을 고양(高揚)하는 시와의 만남이다. 시를 통해 자신의 삶을 반추하고 통찰하며 나아가 친구의 마음까지 헤아리게 된다. 시의 아름다움을 통해 언어의 고귀함을 느끼며, 따뜻한 인성과 상상력, 창의력을 기를 수 있다. 무엇보다 시는 인간을 인간답게 만드는 가장 높은 수준의 인류 문화의 정수(精髓)다. 시는 모유(母乳)고, 생명수고, 로열젤리다.

그런 의미에서, 꾸준히 아이들에게 시를 읽어주고 아이들의 마음을 살피며, 아이들의 시심(詩心)을 북돋아 주는 하지영 선생님은 참으로 특별하고 소중한 존재가 아닐 수 없다. 이번에 월항초등학교 아이들과 함께 시집을 엮는다고 하니 더없이 반갑고 기쁘다. 모쪼록 시를 사랑하고 아이들을 아끼는 그 금강석(金剛石) 같은 마음으로 오래오래 교단을 지켜주길 바란다.

- 김현욱(시인, 황남초등학교 교감)

시는 우리의 마음을 가꾸어 줍니다!

올해 여름은 유난히도 더웠습니다. 여름 방학에 시 쓰기 교실을 열어 시 동아리를 신청한 아이들과 함께 또래가 쓴 창작시를 읽고 이야기를 나누어보았습니다. 슬픈 마음을 담은 시를 읽을 때는 함께 마음이 아팠고, 유쾌한 내용의 시를 읽을 때는 우리도 모르게 입가에 웃음이 번졌습니다. 아이들은 시를 읽으면서 자기의 경험을 떠올려본 뒤 그때의 감정을 함께 공유하기도 하고 자신이 경험하지 못한 일에 대해서는 감정을 미루어 짐작하며 공감하기도 했습니다. 여름 방학 동안 아이들은 시를 통해 마음의 위로를 얻기도 하고 기쁨을 누리기도 했습니다.

자신의 이야기를 시로 표현하려고 하면 아이들 스스로가 시를 쓰고 싶어져야 합니다. 먼저, 시와 친해지는 시간이 꼭 필요합니다. 울림이 있는 시를 선택하여 부지런히 아이들과 함께 소리내어 읽어 보고 이야기를 나누었습니다. 여러 해 동안 아이들과 시 동아리를 운영하면서 느낀 점이 하나 있습니다. 시를 읽고 시를 쓰는 아이들은 다른 사람의 마음을 헤아려 짐작할 수 있어서 다른 사람의 마음을 아프게 하는 행동은 하지 않습니다.

 학교 현장에서 나타나고 있는 학교폭력, 딥페이크 성범죄 등 다양한 폭력과 범죄의 예방은 처벌을 강화하고 교육을 통해 인식을 개선하는 것보다 우선 되어야 하는 것이 있습니다. 사회의 문화와 학교 분위기가 다른 사람의 감정에 공감할 수 있는 교육 환경을 만들어 주는 것입니다. 그래서 감정 상실의 시대에 경상북도 교육청이 지속적으로 운영하고 있는 '시울림 학교'가 따뜻한 학교 문화를 조성하는 좋은 사례가 된다고 생각합니다. 많은 아이들이 시를 읽고 시를 쓰는 사람으로 성장하길 소망합니다.

 책 읽는 사람이 길을 잃지 않는 것처럼, 시를 읽고 시를 쓰는 사람은 자신의 마음을 잘 가꾸는 사람이기에 다른 사람도 소중한 존재임을 알고 있습니다. 다른 사람과 함께 살아

가는 사회에서 시를 쓰는 아이들은 자신의 마음도 잘 살피고 다른 사람의 마음도 잘 보듬어 아름다운 사람으로 성장하리라 믿습니다.

한 권의 월항초등학교 합동 시집이 나올 수 있도록 전폭적인 지원과 학생들을 따뜻한 눈으로 바라봐주시고 교사들의 성장을 응원 해주시는 곽상훈 교장 선생님과 다양한 아이디어를 주신 손준영 교감 선생님께도 감사를 드립니다. 마지막으로 더운 여름 함께 시를 읽고 시를 쓰느라 고민에 빠졌던 사랑스러운 월항초등학교 꼬마 시인들에게 고마움을 전합니다.

— 2024년 9월 월항초등학교 교정에서 하지영

차례

3부 일어나 함께 가자

1부
나의 마음을
너에게 전한다

아기 때로 돌아가고 싶어!

3학년 문다온

아빠가 공부하라고
잔소리를 시작하셨다.

얼른 책을 펼쳤는데
글자와 숫자가 뒤엉켜
몰라서 못 풀고 있는데

앞에서는 아빠가 혼내시고
뒤에서는 동생이 놀리고
정말…

공부하지 않았던
아기 때로 돌아가고 싶다.

그래도 동생이 좋다

3학년 문다온

동생이 매일 날 놀려서 얄미운데
언제나 날 좋아해 주는 건
역시 동생뿐이다.

동생이 내 방에 들어와
내가 좋아하는 그림책을
함부로 사용하기도 한다.

그래도 난 동생이 좋다.

시계

3학년 문다온

1시간,
2시간,

똑딱똑딱 시계
시간은 흘러가는데
난 멍하니 시계만 바라본다.

똑딱똑딱 시계는
아침에도 일해야 해서
힘들 것 같은데

계속 똑딱똑딱 거리며
날 기다려 준다.

현우

내 동생 현우는
날 때리고 꼬집고 문다.

말해도 안 듣지만
귀여우니깐 키운다.

현우가 크면
같이 게임할 거다.

화내지 않는 동생이면 좋겠다.

게임 못하게 하는 엄마

3학년 석현승

엄마는 내가 게임하는 것 싫어한다.
나는 이미 게임을 많이 해서
고수가 되었고 재미가 있어 게임을 한다.

엄마는 시간제한을 걸어서
못하게 할 수도 있는데
말로 "게임 하지 마라."고 하신다.

그런데
엄마는 게임하면서
나에겐 게임을 못하게 하니
그것도 이해가 안 된다.

내 꿈

3학년 이세은

엄마, 아빠는 내 마음을 모르신다.
내 꿈은 요리사인데
내가 요리를 하려고 하면
혼을 내신다.

내가 새로운 요리에 도전하려고 하면
엄마는 "안돼, 위험해."라고 하신다.
그럼 난 언제 요리하지?
내 꿈과 점점 멀어진다.

제가 잘 키울 수 있어요!

3학년 이세은

내가 동물 이야기를 하면
엄마 아빠는 들은 척 만 척
하지만 나는 포기를 모르지!

엄마, 고양이 키워요!
아빠, 강아지 키워요!
제가 잘 키울 수 있어요!

학원 선생님

3학년 이세은

난 학원을 두 곳 다닌다.

한 곳은 피아노
피아노 선생님은 착하시고
예쁘시기까지 하다.

나머지 한 곳은 공부방
공부방 선생님도 여자다.
선생님은 가끔 맛있는 것까지 사 오신다.

부지런한 우리 가족

3학년 정소율

엄마는 매일 집안일을 하신다.
아빠는 월, 화, 수, 목, 금, 토
6일을 매일 일하러 가신다.
동생 준이, 찬이는 유치원에 간다.
나는 학교에서 공부하고 친구랑 놀기도 한다.

누구지 도대체?

3학년 정소율

수연 언니랑 나랑
놀다가 가방을 열었는데
내가 좋아하는 슬라임이
잘려져 있었다.

수연 언니랑 나랑
우동을 먹으면서 함께
누가 범인일지
생각해 보았다.

누구지 도대체?

구슬 아이스크림은 왜 이렇게 작을까?

3학년 최사랑

무지개 구슬 아이스크림,
혀 위를 또르르 굴러가다
행복이 사르르 녹는
내가 사랑하는 무지개 구슬 아이스크림
벌집같이 예쁜 구슬, 정말 재밌어!
숟가락으로 한 입 두 입,
내가 먹고 싶은 만큼 떠 먹어,
입속에서 구슬 하나씩 녹을 때,
행복이 내 마음속에 톡톡 터져!

가끔은 궁금해,
'왜 큰 구슬은 없을까?'
큰 구슬이면 더 행복할 텐데…
그래도 지금이 좋아, 정말 달콤해!
무지개 맛 구슬,
입속에서 사르르,

행복이 사르르…
제일 좋은 무지개빛 이 순간!

태극기는 왜 그럴까?

3학년 최사랑

태극기를 봤어요,

왜 빨강과 파랑일까?

빨강은 뜨거운 해 같고,

파랑은 푸른 하늘 같아.

태극기에는 왜 건곤감이가 있을까?

건은 하늘, 곤은 땅

감은 물, 이는 불 같아.

태극기엔 왜 동그란 원이 있을까?

원이 동글동글 자연스러워

마치 우리가 함께 도는 것 같아.

왜 태극기 바탕은 하얀색일까?

하얀색이 참 깨끗하고,

우리 마음처럼 순수해서일까?

태극기가 참 좋아요,

우리나라 국기니까.

우리 마음 다 담겨있으니까.

2부
나의 사랑,
나의 어여쁜 자야!

우리 집 예쁜이

4학년 강도영

우리 집 예쁜이
같이 뛰어놀면
좋아서 꼬리를 흔들고

우리 집 예쁜이
산책 후 간식 주면
좋아서 펄쩍펄쩍 뛴다.

추억

4학년 김성원

친구들과 함께한 추억

1학년 때, 입학식 끝나고 반에 들어와서

어색했던 얼어 있었던 순간

2학년 때, 에버랜드에서 놀이기구 타며 신났던

순간

3학년 때, 키자니아에서 햄버거 만들었던 기억

4학년 때, 달빛 축제에서 장기 자랑했던 기억

평생 간직하고 살 수 있을까?

할 수만 있다면 평생 간직하고 싶다.

공부

4학년 김성원

힘든 공부,
공부는 어떻게 해야
하고 싶어질까?

공부를 즐길 때
정말 잘하게 되겠지!

나는 힘든 공부
즐길 수 있을 때까지
열심히 해야겠다!

게임

4학년 김성원

계속 손이 가고
계속 머릿속에 떠오르는
게임

엄마가 끄라고 해도
"5분만 하고."
엄마 몰래
1시간…
2시간…

시간이 순간 이동하듯이
빠르게 지나간다.
시간 멈추기가 있으면
얼마나 좋을까?

나의 억울함

4학년 김성원

억울한 나,
나는 왜 게임을 못 할까?

다음날도, 그 다음날도
형아만 게임기를 독차지한다.

"성원아, 나 조금만 하고 나올게."
1시간, 2시간, 3시간씩한다.

다음에는 속나 봐라!

나의 월요병

4학년 김성원

힘든 월요일,
일요일에 밤에 누워
월요일만 생각하니
벌써 지친다.
월요병이 왜 생겨났는지 알겠다.

나를 행복하게 하는 겨울

4학년 김성원

행복한 겨울 춥지만
난 겨울이 좋다.

눈싸움도 하고
눈사람을 만들어
놀 수 있으니

난 겨울에
정말 행복해진다.

내 강낭콩은 왜?

4학년 김수연

아직 크지도 않은 내 강낭콩
다른 건 다 컸는데
내 강낭콩은 안 자란다.

가서 물도 가득 주고
가서 말도 걸어보고
가서 빛이 들어오는지
확인해 보고 또 보아도

내 강낭콩은
그대로다.

곰돌이 키링

4학년 김수연

오늘 지호와 놀다가
곰돌이 키링 고리가 빠졌다.

빠진 게 아쉽지만
빠져도 귀엽다.

나는 여전히
곰돌이 키링에 빠진다.

우리 집 식당

4학년   김수연

우리 집은 고양이 식당이다.
물론 단골손님도 있다.

노란색, 하얀색, 검정색, 점박이 냥이들이
맛있게 먹고 간다.

먹이를 주다 보니
벌써 2~3년

오늘도 바쁜 김치

4학년 김수연

맛있는 김치
김치는 오늘도 바쁘다.

김치
김치전
김치볶음밥
김치찌개

김치는 밤낮을 가리지 않고
옷을 갈아 입는다.

연필

연필을 깎으면
새로 나오지만

다 깎아 버리면
삶을 마감한다.

연필에게
보답할 일,
한 가지

열심히 공부할게!

딸기

4학년 김수연

새콤달콤한 딸기
한 입 베어 물면

과즙이 팡!

제~~~~일
큰 것 하나 집으면
왕이 된 기분!

월항 행복 달빛 축제

4학년 김수연

오늘은 기다리고 기다리던
달빛 캠프이다.

물놀이, 마술쇼, 특별공연,
사물놀이, 합창
장기 자랑을 하니
벌써 끝이 났다.

행복했던 시간은
왜 빨리 지나가는지

이 순간을 기억 하기 위해
어둑어둑해진 밤
우리 반 친구들과 선생님과
사진 한 컷
남겨둔다.

1품 심사

4학년 김수연

오늘은 1품이 되기 위해
심사를 보는 날

"어이! 어이!"
기합을 지르고 나니

벌써 끝이 나 있었다.

긴장이 풀리며
결과가 나오는 날을 기다린다.

영어

4학년 김수연

우리 원어민 선생님이
뭐라 하시는지 모르지만

수업 시간
열심히 따라 읽고
열심히 게임한다.

나도 언젠가
잘 되겠지?

남동생 수하

4학년 김수연

하나뿐인 남동생 수하
때론 싸우고 울지만
남동생 수하

놀 땐 행복함,
싸울 땐 짜증 남,
싸우고 나선 미안함

수하에게
주고 싶은 건
바로 행복함

열매 하나

나무의 열매 하나
'톡' 하고
외롭게 떨어졌네요.

시간이 지나니
동물들이 와서
그 열매를 맛있게 먹습니다.

씨앗만 남은 열매
'톡' 하고 싹이 텄네요.

구름

4학년 김진희

하늘에 구름이 있습니다.
구름은 멋쟁이라
색을 바꿔입기도 하고
모양을 바꾸기도 합니다.

그네 타고 노는 사이
구름은 부끄럼쟁이라
어디로 숨었는지
없어졌습니다.

눈사람

4학년 김진희

눈사람은 동글동글한
몸통을 갖고 있어요.

눈은 울퉁불퉁한 돌멩이로
코는 달달한 당근으로
입은 아기자기한 돌멩이로
콕콕 박혀 있어요

눈사람의
팔이랑 단추까지
달아 주었어요.

그런데 자고 일어나니
눈사람이 없어졌네요?

열대

아주아주 더운 곳
열대

열대에는
원숭이와 앵무새가
살지요.

거리에는 열대 나무가
곳곳에 있지요.

열대 나무에는
파인애플, 바나나가 있어요.

그늘에서 쉬는
동물들과 곤충들

우리는 손풍기를 들고
이리저리 구경 가지요.

나는 초등학교 4학년+

4학년 박헌진

나는 초등학교 4학년
11살

라면 끓이기
다정하게 동생 돌보기

계란프라이 굽기
100M 달리기 성주군 2등

내 자리 청소하기
안전하게 실험하기

수학 기본에서 탈출하기
수업 시간에 자신있게 발표하기

생가 안 나지만 더 많을 것이다.

나는 이 모든 것을 훌륭하게 하고 있다.

심부름

4학년 박헌진

심부름 즉 남에게 일을 시키는 것
형은 나에게 심부름시키고
형은 안 한다.

엄마가 "현우가 세탁기에 옷 넣어."라고 말하시면
보통 다 나한테 시킨다.

뷔페

4학년 박헌진

뷔페에 가면
내가 좋아하는 음식이 한가득

먹어도 먹어도
줄지 않는 음식들

보기만 해도
배가 불러 진다.

반장 된 날

4학년 박헌진

오늘은 반장 선거의 날
두근두근 떨리는
반장 선거

한 표
두 표
세 표
예!!
반장 됐다.

학교 못 간 날

4학년 박헌진

비가 많이 내려
비가 다리까지 차오를락 말락

내가 학교를 못 간 날
친구들은 무엇을 하고 있을까?

재미있게 놀고 있을까?
부지런히 수학 배움 공책 쓰고 있겠지?

우리 엄마는 우리바라기꽃

4학년 박헌진

우리 엄마는 우리바라기꽃이다.
해바라기 꽃잎처럼 활짝 웃으시고

해바라기꽃은 하늘만 바라보는데
우리 엄마는 우리만 바라보신다.

엄마에게 하고 싶은 말

4학년 이지호

가끔 마음 아프게 하고
가끔 눈물 흘리게 하지만
사랑해요, 엄마!

나는 커서 어떤 사람이 될까?

4학년 이지호

나는 축구 선수가 되고 싶지만
냉정하게 생각하면
축구 선수가 될 만큼
축구를 좋아하지만
축구를 잘 하는 것은 아니다.

나는 선생님의 조언대로
다른 사람을 도와주고
다른 사람 앞에서 말하는 것을 좋아하니
변호사가 되고 싶기도 하다.

뭐가 되었든
좋아하고 잘 하는 것을 하면서
다른 사람들을 돕고 싶다.

커서 돈을 벌게 되면
나의 자랑, 월항초에
기부도 많이 하고 싶다.

장기 자랑

4학년 이지호

하하 호호 웃고
흑흑 눈물 나게 하는
가슴 두근거리게 하는
장기 자랑

댄스 추며 자랑
노래하며 자랑
기술 보이며 자랑

나의 웃음꽃도 자랑
너의 웃음꽃도 자랑

말 못 할 비밀

4학년 이지호

요새 할머니 정신이 오락가락
설마 그 병인가?
나는 요새 겁나고 걱정되고
나는 요새 우울해졌다.

밥도 제대로 못 먹고
잠도 잘 안 온다.
난 매일 기도한다.
제발 그 병이 아니길…

녹은 초콜릿의 힘

4학년 이지호

아, 맛있겠다.
침이 고인다.
착, 추르르륵
봉지를 뜯으니

녹아 있는 초콜릿
그 침은 어디로 갔는지
그대로 사라지고
언제 기대했냐는 듯이
나는 침묵한다.

2학기 반장 선거

4학년 이지호

두근두근
세근세근
네근네근

내 심장이
저울의 바늘처럼
가만히 있지를 못한다.

헌진 4표
지호 1표
예?

난 절망했다.
근데 새 반장이
토닥토닥 해준다.

금붕어와 돼지

4학년 이지호

금붕어와 돼지를
떠올리면 불쌍하다.

기억력이 3초인 금붕어
뚱뚱함의 대표, 돼지

왜 금붕어, 돼지에게 비유하지?

물속에서 숨 쉬며 마음껏 잘도 노는 금붕어
똑똑하고 귀여운 돼지

사람이 사과해야 한다.
잘못 비유해서 미안하다고…

웃음 개나리

봄엔
개나리가 피고

수업 시간엔
선생님과 우리 반 친구들의
웃음 개나리가 활짝 핀다.

선생님도 나도 우리 반 친구들도
모두 알 거다.

우리는 환한 개나리인걸…

우리 반 친구들에게

4학년 이지호

안녕? 난 지호야

내가 우울하고 슬플 때 처음 다가와 준 친구들

세상에 하나뿐인 우리 반 친구들

내가 절망에 빠져 우리 학교로 전학 왔을 때

마음의 문을 열게 도와준 헌진, 성원, 수연

과제를 수행할 때 함께 힘을 합쳐준 헌진

내가 선을 넘어도 끝까지 참아준 성원

무슨 이야기를 해도 공감을 잘 해주는 수연

우리 앞으로도 잘 지내자!

웰시코기

집에서
멍멍 소리가 난다.
웰시코기가 마중 나왔나?

집에 들어가 보니
짖는 소리가
고막을 찔렀지만
귀엽다.

들판

4학년 장준영

들판에
동물들이
지나간다.

강아지들이
장난치며 놀고 있고
고양이들은
신경전을 벌인다.

새들은
모이를 먹으며
놀고 있다.

동물들이
들판에서
편히 쉬고 있다.

3부
일어나
함께 가자

말로만 하는 약속

5학년 김단희

아빠가 나에게
"더우니까 땡볕에서 놀지 말렴!"
내가 아빠에게
"아빠도 더우니깐 밖에서 일하지 마세요!"

우리는 서로 못 지킬
말로만 약속하고
전화를 끊는다.

엄마의 헌법

5학년 김단희

제1조 방을 더럽히지 말 것
제2조 밥을 먹을 때 "잘 먹겠습니다."라고 할 것
제3조 휴대전화는 2시간만 쓸 것
제4조 컴퓨터는 밥 먹고 할 것
제5조 밥은 남기지 않고 골고루 먹을 것
위 조항들을 어기면 어떻게 될까?

나의 반가움

5학년 김단희

내가 다녀오면
오빠는 게임 키보드 소리 또각또각

내가 다녀오면
엄마는 음식 냄새 풀풀

내가 다녀오면
아빠는 쿨쿨~꿈나라

내가 다녀오면
가장 반겨주는 우리 할머니

할머니는 항상 반겨 주실 거니깐
할머니는 항상 날 사랑해 주실 거니깐

우리 집 만두

5학년 김단희

학교에서 돌아오면
반갑다고
꼬리를 살랑살랑

집에 있다
창문을 쿵 두드리면
창문으로 쫄래쫄래

밖으로 나오면
더워도 좋아해서
놀아달라고 축구공을 물고
앞을 가로막는 만두

내 분신

5학년 김단희

학교에 가면 공부,
학원에 가도 숙제 산더미

스트레스 풀러 게임 또각또각
해 보지만 점수만 내려간다.

공부도 숙제도 해주는
내 분신이 생겨나면 좋겠다.

핸드폰의 외로움

5학년 김단희

날 가지고 뚜루루 전화도 걸고
토독토독 문자도 한다.

필요가 없을 땐 침대에 툭!
책상에 탁 날 던져버린다.

알림을 보내면
그제야 나에게 관심을 준다.

글

5학년 김동욱

글은 자유롭다.

자신의 생각을 적어도 되고,

자신의 이야기를 적어도 되고,

다른 사람의 이야기를 적어도 되네.

모든 것을 적어도 되는 글

고마워, 소야!

5학년 김동욱

소는 고마운 존재다.
농사도 도와주고

우유도 내줘
속을 시원하게 해주고

갈 땐 가더라도
맛있는 고기를 주는 고마운 소

번쩍번쩍 카멜레온

5학년 김동욱

번쩍번쩍 카멜레온
귀엽다 생각하고
다른 데 쳐다보니

주변과 하나 된 카멜레온
관심을 안 주면 흥! 하고
도망가는 카멜레온

삐진 것도 귀여운 카멜레온

징그러운 곤충

5학년 김동욱

곤충은 징그럽다.
꾸물꾸물 거리고

내 피를 빨고
내 몸에 붙고

내 입에 들어가는
징그러운 곤충들

곤충들은 우리를 볼 때
어떤 생각일까?

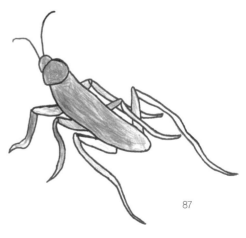

느리지만 열심히 하는 달팽이

5학년 김동욱

느리지만 열심히 하는 달팽이

느리지만 열심히 하는 달팽이

비가 오고 햇빛이 쨍쨍해도

쉬지도 않고 가는 달팽이

누구보다 느려도 누구보다 열심히 하는 달팽이

여름이 지나고 가을이 와도 목표 하나로 꾸준히
하는 달팽이

나도 달팽이처럼 살고 싶다.

거미

5학년 김동욱

어딜 가도 보이는 거미줄
모르고 실수로 만지면

온몸에 붙으니
허공에 발길질하듯 손으로 싸운다.

싫지만
또 없어서는 안 되는 거미

짤랑짤랑 동전 주머니

5학년 김동욱

짤랑짤랑
주머니에 동전 가득

지나갈 때마다
짤랑짤랑

사람들이 짤랑 소리를 듣고
날 쳐다볼 땐

스타가 된 이 기분

숨바꼭질하는 모기

5학년 김동욱

잠을 자려 하니
귓가에서 엥엥

조용해지면 팔에 붙어
피를 빨고
간지러워서 불을 켜면

지 잡으려는 거 알아서
꼭꼭 숨었네.

볼 빨간 토마토

5학년 김동욱

토마토는 낯을 많이 가리네.
사람만 보면 부끄러워서
볼이 빨개지네!

구름이 간다

5학년 김동욱

가만히 있어 보여도
열심히 가는 구름

바람을 타고 가고
잠시 비도 내리면

산에 걸려 잠을 자네.

오레오는 거꾸로 해도 오레오

오레오는 거꾸로 해도 오레오!
토마토, 역삼역, 기러기
모두 거꾸로 하니 원래 이름!

뱀파이어 형

5학년 김동욱

나랑 친한 형은 뱀파이어 이빨
송곳니가 매력적인 형
있으니 재밌고
없으면 허전하다.

수학

5학년 김동욱

수학은 어려운 것 같다.
더하고 빼고 숫자를 나누고 곱하고
분수, 소수, 최대공약수, 최소공배수
약분까지…
보기만 해도 어려워지는 수학

우리 아빠

맨날 술 마시고
엄마랑 싸우는 우리 아빠
일 때문에 늦게 오는 우리 아빠

나랑 놀아주는 우리 아빠
있을 때는 몰랐지만
없으니깐 허전한 우리 아빠

우리 가족은 오리 가족

5학년 김동욱

우리 가족은 오리 가족
말할 때는 꽥꽥 크게 말하고
어디 갈 때는 쪼르르 다 같이 가고

누구라도 없으면
오리 가족처럼
불안한 우리 가족

함께 있으면 즐거운 우리 가족

우리 엄마는 장미꽃

5학년 김동욱

우리 엄마는 예쁜 장미꽃

향기롭기도 하고
아름답기도 하지만

혼내실 때는 따끔한 가시처럼
혼내시는 우리 엄마

꽃보다 중요한 것

5학년 김주원

봄에도 꽃이 피고
여름에도 꽃이 피고
가을에도 꽃이 피며
겨울에도 꽃이 피지만

가장 중요한 것은
우리 마음에 꽃이 피는 것이다.

가을 아침

가을 아침
나를 반겨주는 소리

맑은 하늘 바람 부는 소리
낙엽 바스락거리는 소리
시원해진 공기에 새들 지저귀는 소리

나는 가을 아침 소리가
참 좋다.

엄마는 무엇일까?

5학년 김주원

엄마는 우리가 할 수 없는 것 모두 하시다.

엄마는 우리를 위해 반복하여 일하신다.

엄마는 우리에게 맛있는 밥을 주신다.

엄마는 우리를 사랑하신다.

초등학생들도 힘들어요!

5학년 김주원

우리는 우정 때문에 웃기도 하지만
싸우기도 하고 슬퍼지기도 한다.

남친이 생겨도 힘들고
여친이 생겨도 힘들다.

공부 때문에 힘들고
원하는 것보다
원하지 않는 것을 할 때도 많다.

하지만 씩씩하게 버틸 수 있다.

눈

5학년 김태민

겨울이면
눈이 온다.

산에 눈이 오면
눈꽃이 핀다.

땅에 눈이 오면
얼음길이 생긴다.

바다에 눈이 오면
바다도 언다.

우리 집에 눈이 오면
지붕은 눈 지붕이 된다.

여름날의 작은 모험

그때 너는 축구를 하고 있었고,

나는 모래를 파며 놀고 있었다.

조금 있다가 니가 말했다,

"같이 모래 파고 놀자!"

나는 대답했다,

"도구 가져와, 그럼 나랑 같이 파자!"

잠시 후,

저 멀리서 너는 도구를 들고

신나게 뛰어오고 있었다.

둘이서 같이 모래 속을 탐험하며,

세상에서 제일 멋진 모래성을 쌓았다.

모래 속에 숨겨진 보물처럼,

우리의 추억도 점점 깊어만 갔다.

웃음소리가 바람에 실려,
우리만의 세상이 펼쳐졌다.
마음속에 영원히 반짝이는,
그날의 햇살 같은 기억이다.

추억은 자꾸 멀어져 가지만,
그때의 우리는 늘 그 자리에서
웃으며 우리를 부르고 있다.

박수영, 오늘도 고생했어!

5학년 박수영

오늘도 왜 이렇게 시간이 빨리 지나가는지
학교 가서 점심 식사 후 곧 하교
태권도 갔다 집으로 와서
저녁밥 먹고 양치하고 누우면
벌써 하루 다 갔다.
박수영, 오늘도 고생했어!

아빠

5학년 박수영

우리 아빠는 일찍 일어나 출근하셔서
가스 배달 하시고
배관 공사도 하시고
자주 식사도 못 하시고 일하신다.

퇴근하여 좀 쉬려고 하시면
또 얄미운 배달 전화
아빠는 서둘러 나가신다.

우리 아빠, 참 힘들겠다.

유튜브

5학년 백승민

유튜브를 보면
시간이 빨리 간다.

학교 갔다 집에 와서
유튜브를 보고 나면
저녁 식사 시간
먹고 유튜브 보고 나면
잠 잘 시간이다.

숙제할 시간이 없네!

시의 탄생

5학년 신해주

시를 쓸 때는 많은 것을 해야 한다.
내 경험을 떠 올려보고
마음을 담아 써 내려가야 한다.

그 힘든 과정을 거치면
아름다운 시가 탄생한다.

그 시를 읽으면
사람들은 감탄한다.

그 표정을 보면
정말 기분이 좋아지겠지?

우리 학교

5학년 신해주

우리 학교는 정말 좋다.
건강하고 맛있는 급식
다양한 체험학습과 재미있는 수업

좋은 친구들과 선생님
넓은 운동장과 교실
나는 우리 학교가 참 좋다.

화난 친구 화 풀게 하는 방법

5학년 신해주

먼저 친구에게 다가가서
친구에게 진심을 담아 이야기한다.
친구의 얼굴을 살펴보고 미안하다고 한다.
마지막으로 친구에게 먹을 것을 사준다.

그래도 화를 풀지 않는다면
기다린다…

수연이

5학년 신해주

수연이는 11살
나는 12살

우리 고작 1살 차이
그래서 친구 같은 사이

수연이와 이야기하다 보면
벌써 반 앞에 도착

수연이와 전화하면
벌써 시간이 훌쩍

계속 이야기해도
지루하지 않은 수연이!

계곡은 북극

5학년 신해주

여름이 되면
겨울의 차가움이 그립다.

여름, 제일 차가운 곳
계곡으로 떠난다.

물속으로 내 몸을 첨벙
어느새 내 입술은 보라색
덜덜덜

우리 할머니

5학년 신해주

할머니 댁에 가면
눈 앞에 음식이 한가득
다 먹고 나면 항상 배가 부르다.

우리 할머니는 중국집 일등 셰프
"할머니, 탕수육 해주세요." 하면
눈 앞에 탕수육이 있다.

나만의 행복

5학년 원규동

엄마랑 같이 있을 때의 편안함
아빠랑 같이 축구할 때의 신남
누나랑 게임 할 때의 짜릿함
반려동물이랑 놀 때의 기쁨
친구랑 뛰어놀 때의 즐거움
그리고 내가 숨 쉬고 있음에 감사

열두 번째 어린이날

5학년 원규동

내가 그토록 기다리던
어린이날

근데, 밖에서 두두두두
빗소리가 들린다.

창문을 열고 보니
비가 주르륵

내 열두 번째 어린이날
이렇게 끝나는 것인가?

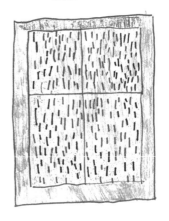

찐 친 되는 방법

5학년 원규동

마이쮸 한 개!

공부

5학년 원규동

공부하다 보니

1시간

2시간

3시간 정도

흘러간 줄 알았지만

고작 30분밖에 공부를 안 했다.

내 속마음

5학년 원규동

친구랑 싸웠는데
내 속마음은 미안해 인데
말이 안 나온다.

내가 하고 싶은 말은
많은데…

왜 속마음이 안 나올까?

우리 집 강아지, 보더콜리일까?

5학년 원규동

보더콜리는 똑똑하다고 했는데
왜 걸어가다가
전봇대를 박을까?
그냥
보더콜리 닮은
시고르 자브종일까?

우유

5학년 원규동

나는 왜 우유만 먹으면
배가 아플까?

우유가 상했나?

우유가 내 뱃속에서
춤을 추고 있는 걸까?

원기둥은 누구야?

우리 옆 반 4학년 선생님,
우리 학교에 올해 처음 오셔서
자꾸 나를 원기둥이라 부르신다.

급식실에서 "기둥아, 많이 먹어".
"선생님, 저는 원기둥이 아니라 원규동이에요."

복도에서 인사하면 "그래, 기둥아".
"선생님, 저는 원기둥이 아니라 원규동이에요."

마주치면 이번에는
내가 먼저 "선생님, 제 이름이 뭐예요?"
"응……알지 너 이름, 원기동."

* 학기 초 규동이의 이름이 헷갈려 미안한 마음에 멋진 원규동에게 바치는
  하지영 선생님의 시입니다.

장례식

5학년 오진우

한자 박사 우리 할아버지
용돈도 많이 주신 우리 할아버지

겨울에 우리 할아버지가
돌아가셨다.

가족들이 우는 소리에
내 마음에도 비가 내렸다.

할아버지가
천국에서 편하게 계셨으면 좋겠다.

즐거운 4교시

5학년 오진우

오늘은 내가 좋아하는 4교시

1교시 체육 티볼, 말해 뭐해?
2교시 수학 곱셈, 시험 100점
3교시 과학 실험, 결과가 가장 좋았다.
4교시 미술 점토, 말해 뭐해?

드디어 집 가는 시간

작가가 되려고

5학년 이동휘

지금 작가가 되려고 이 시를 쓰고 있다.
4학년 선생님께서 우리가 쓴 시로 책도 만든다
고 하셨다.

하지만 이 시와 다른 시를 합쳐도
3편의 시 밖에 쓰지를 못했다.

게다가 지금 나는 아무 생각이 없다.
어떻게 하지?

다 먹은 프링글스 통

5학년 이동휘

프링글스 통은 어디에 버려야 할까?

일반쓰레기통?
캔통?
종이통?

다 먹은 프링글스 통 대체 어디다 버리지?

동욱이는 가을 코스모스

5학년 이동휘

동욱이는 가을 코스모스

가을에만 피는 코스모스
볼 때는 설레고

겨울이 되면 지는 코스모스
헤어질 때는 아쉽고

동욱이랑 만나서 놀 때는 재밌고
헤어질 때는 아쉽다.

작은 미술관

5학년 이동휘

우리 반 작은 미술관엔 미술 작품으로
하루도 빠짐없이 제목과 이름표를 달고
자랑스럽게 있습니다.

새로운 작품을 완성하면
예전 작품들과는 아쉽게 이별해야 합니다.

바쁜 수증기

5학년 이동휘

하루는 목욕탕 속에서
하루는 주방 속에서
하루는 가습기에서

수증기는 매일
여행을 떠난다.

내가 가장 좋아하는 별자리

5학년 이동휘

과학 시간에 별자리를 배웠다.
북두칠성, 작은곰자리, 카시오페이아자리

나는 북두칠성이 가장 마음에 들었다.
모양이 국자 같아서 국자 자리라고 해서
더 기억에 남는다.

또 북극성이라는 별이 있는데
그 별로 북쪽을 알 수 있다고 하는데
언제가 나도 한번 봐야겠다.

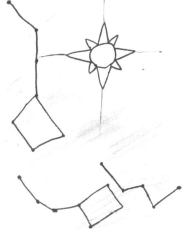

젤리 껍질은 무슨 재질일까?

5학년 이동휘

젤리 껍질은 무슨 재질일까?

회색인데 반짝이는 것이
쇠 같기도 하고
딱딱하지 않고 유연한 게
비닐 같기도 하고

젤리 껍질은 무슨 재질일까?

배추의 일생

5학년 이동휘

오후에 배추 씨앗을 넣으면
이틀 뒤엔 흙 속 씨앗에서
조그만 새싹이 나온다.

일주일이 지나면
잎이 풍성해지더니

또 일주일이 지나면
좁은 집에서 큰 집으로 이사를 간다.

그리고 또 시간이 지나면
배추 모양을 하고 있는
조그마한 배추가 된다.

겨울에는
커다랗고 무거운 배추가 완성된다.

우리 집 김장법

5학년 이동휘

우리 집은 김장할 때
잘 큰 우리 집 배추들을
소금에 절인 후

김장 하루 전날
고춧가루와 여러 가지 재료를
썩어 장을 만든 후

절인 배추에 장이 잘 배게
요리조리 잘 무친다.

김치통에 넣을 때는
절반만 넣는 게 좋다.

보기에 맛있어 보이는 꿀

5학년 이동휘

사람들이 꿀을 먹는 영상을 보면
쭉쭉 늘어나고 쫀득해 보이는 꿀
맛있어 보이는데

막상 먹으면
너무 달고 향이 진해서
잘 안 넘어간다.

또 손에 묻으면
닦아도 찐득하다.

건강에 좋다 하니
고마운 꿀이겠지?

고속도로 위 맛집

5학년 이명진

놀러 가다가
들르는 고속도로 위 맛집,
맛있는 소떡소떡도 먹고
음료도 먹는다.

시원한 음료를 넘기면
마치 내 가슴에도
시원한 파도가
넘실댄다.

야구장

5학년 이명진

야구장에 가면
힘을 다해 응원도 하고
맛있는 간식도 먹고
야구장 전광판이 나오면
내 마음은 벌써 두근거린다.

이기면 가슴 벅차고
지면 슬프지만
야구장에 가면
내 마음은 여전히 두근거린다.

해수욕장 가는 길

5학년 이명진

우리 집에서
해수욕장 가는 길은
멀다.

하지만
해수욕장에서
수영을 하면

처음에는 바닷물이
얼음같이 차갑지만

시간이 지나면
시원해서 계속 있게 된다.

해수욕장에서

우리 집으로 돌아가는 길은

멀지만 또 오고 싶어진다.

단풍나무

5학년 이명진

단풍나무는 참 좋다.

봄, 여름은 용암처럼
뜨거운 햇빛을 막아주고

가을에는 노랗게 물든
단풍잎으로 인사한다.

단풍잎을 보면
내 마음도 노랗게 물든다.

나의 꿈은?

5학년 이서연

나는 미래에 어떤 사람이 될까?

의사?

건물주?

회사원?

나는 무슨 일을 하며 살지?

궁금하고 또 궁금해진다.

꿈나라

5학년 이서연

꿈은 왜 꾸게 될까?
너무 피곤해서?
슬퍼서?
기분이 너무 좋아서?

꿈을 꾸면
구름 위에 떠 있기도 하고
괴물이 나오기도 하고
맛있는 음식을 가득 먹기도 하고

오늘은 어떤 꿈을 꾸게 될까?

진정한 방학이란?

5학년 이서연

방학은 왜 있는 걸까?
방학은 학업을 쉰다고
국어사전에 적혀 있는데

학교를 안 가도
학원을 가는데
학업은 언제 쉬고
방학은 언제 돌아오는 거야?

엄마는 행운의 클로버

5학년 이서연

항상 뭐든 열심히 하는
예쁜 우리 엄마

항상 웃고 우리와 놀아주시는
예쁜 우리 엄마

엄마는 나에게 행운의 네잎클로버

하늘의 손오공 구름

5학년 이서연

어느 날 아빠에게 문자가 왔다.
바로 손오공 모양의 구름이 있다고
사진을 보냈다.
정말로 내가 보기엔
구름을 타는 손오공 모양이었다.
내 손안에 든 손오공
울적할 때 꺼내 봐야지!

친구 생일

5학년 이서연

8월 20일 친구 생일이다.
하지만 까먹었다.

그런데 어떤 친구는 선물을
챙겨왔다.

그날은 방학, 학교에 친구들은
거의 오지 않았다.

생일도 모르고
못 챙겨서 미안했다.

고양이와 친해지는 방법

5학년 이서연

참치캔 한 캔!

알록달록 무지개

5학년 이서연

알록달록 무지개,

무지개 미끄럼틀을 타고
수영하고 싶다.

무지개 수영장에 풍당!
빠져보고 싶다.

무지개에서 무슨 맛이 날까?

따라쟁이 거울

5학년 이서연

거울에 비친 내 모습
나를 따라 하는 거울

거울이 나를 따라 하는 게
아직도 신기하다.

할 것 없을 땐
그냥 거울 앞에 서서 논다.

어떤 계절을 좋아하나요?

어떤 계절을 좋아하나요?

꽃이 피는 산뜻한 봄?
바다에 놀러 가고 싶은 여름?
붉은색으로 물드는 가을?
아니면 눈이 펑펑 내리는 겨울?

어떤 계절을 좋아하나요?
저는 여름이 가장 좋아요!

4부
우리 모두
소중한 존재야

마감 지옥

6학년 김보람

마감 지옥
마감, 쌓여있는 마감
계속해도 줄지 않아.

마감은 하고 있지만
시간은 똑딱똑딱

이것이 그림쟁이의 고통일까?
나 좀 내 보내줘!

해도 해도 줄지 않는 마감에서
탈출 시켜줘!
마감 지옥

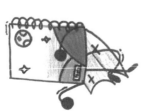

방구석 노래방

6학년 김보람

툿투루룻
투룻투투루

방에서 나 홀로 노래방
방구석에서 혼자 중얼중얼

옆방에 아무도 없을 때
나 혼자 중얼중얼

엄마가 말씀하시길

6학년 김서진

나는 아직 꿈이 없다.
다른 친구들은 웹툰 작가, 유튜버, 검사
다들 꿈이 있는데
나만 꿈이 없어서
불안해 질 때가 있다.

그럴 때면 엄마가 말한다.
"아직 꿈이 없어도 괜찮아,
시간이 지나면 꼭 하고 싶은 일이
생길 거야."

예민 엄마

6학년 김서진

엄마가 탁탁 키보드를 치며
글을 쓰고 있다.
이때 말을 걸면
잔소리가 시작된다.

"왜 청소 안 했어?"
"숙제 다 했어?"
"빨래 개라고 말했잖아."

나는 왜 글을 쓰시면
엄마가 예민해지는지
모르겠다.

우리 아빠

6학년 김서진

내가 잘못해서
엄마에게 혼날 때
아빠는 히어로처럼
나를 구해준다.

내가 할 것 없어
심심할 때
아빠는 친구처럼
나와 놀아준다.

나도 나중에 커서
아빠처럼 되고 싶다.

공부 지옥 탈출

6학년 김서진

학교에서 공부하고
학원에 가도
학원에서 공부하고
집으로 가도
집에서도 공부하고

언제 공부가
끝날지 모르겠다.

빨리 어른이 되어서
공부 지옥에서 탈출하고 싶다.

인형 뽑기는 욕심쟁이

6학년 김서진

인형뽑기 기계는
욕심쟁이다.

나는 돈을 줬는데
인형 뽑기는 나에게
인형을 주지 않는다.

또 돈을 줘도
인형 뽑기는 인형을
주지 않는다.

또 한 번 돈을 주면
그제야 인형
하나를 준다.

어른

6학년 김서진

나는 어른이 되어
돈을 벌기 싫다.

어른이 되어
문제를 혼자서 해결하기 싫다.

어른이 되어
내가 살 집을 구하는 게 싫다.

나는 어른이 되기 싫다.

친구들

6학년 김세훈

나는 친구들이 참 재미있다.

스쿨 버스를 늦게 타서
교실에 오면

재미있는 이야기를 하면서
깔깔 웃고 있다.

항상 늦게 학교에 도착해서
친구들의 이야기가 궁금하다.

나도 학교에 빨리 오고 싶다.

날아오르는 새들

6학년 김세훈

나는 날아오르는 새들처럼
나도 친구들과 같이 날고 싶다.

친구들과 같이 날아서
하늘에서 자유롭게 놀고 싶다.

이제 땅바닥에서 노는 게 질렸다.
새들처럼 하늘을 날고 싶다.

자라는 나무

자라는 나무처럼
나도 쑥쑥 큰다.

시간이 지날수록
나무처럼 키가 커지고

나이가 한 살, 두 살 늘어나면
내 마음도 점점 자란다.

지금의 나는 초등학교 1학년 때보다
마음이 성큼 자란 것 같다.

부러움

6학년 지민경

책 속의 인물들이
항상 부럽다.
고난과 역경 속에서도
빛나는 그들이 부럽다.

평생 꺼지지 않는 불인
그들에 비해
나는 언제 꺼질지 모르는
녹아가는 촛불이다.

언제가 포기하지 않고
다시 일어서는 그들이
너무나 부럽다.

이 부러움이 어디까지 갈진
나도 모른다.

복숭아

6학년 지민경

할머니가 가져온
복숭아 하나
아삭아삭하고 달달하니
시간 가는 줄 모르고
입에 물고 먹는다.

다음 날,
가져온 복숭아 하나
시간 가는 줄
모르고 먹는다.

내일 또 복숭아를
먹을 수 있나 하며
하염없이 기다린다.

동생

6학년 이유성

내 동생 이제 세 살이지만
매일 하지 말라고
한 걸 하며 사고 친다.

내 동생은 아직도
말을 못 한다.

동생을 내가 돌봐야 할 때도 있는데
엄마, 아빠 같은 간단한 말도
못 하니 답답하다.

강아지

6학년 이유성

키웠던 강아지가 있었다.
강아지일 때부터 키워서
아주 친했다.

집 안에는 건들면
안 되는 게 많고
대형견이라서
집 밖에서 키웠다.

잘 키우다가 어느 날
강아지가 갑자기
목줄을 풀고 탈출하여
다른 집에 가서 쥐약을
먹고...죽었..다.

날 좋아해 주었는데……

다시 보고 싶다.

닫는말

나의 기도

하지영

이런 교사가 되길 원합니다.

아이가 넘어졌을 때
책망하기보다는

괜찮은지 마음을 살피고
다시 용기를 내

스스로 설 수 있도록
따뜻하게 지지하는

모난 돌과
둥근 돌

모두 귀히 여기는
교사가 되겠습니다.

시인이 되는 길

———

2024년 12월 22일 초판1쇄 발행

지은이 월항초등학교 문다온 외 29명 **엮은이** 하지영 **펴낸이** 김성민 **편집디자인** 김경자

펴낸곳 도서출판 브로콜리숲 **출판등록** 제2020-000004호
주소 41743 대구광역시 서구 북비산로 65길 36, 2층 **전화** 010-2505-6996 **팩스** 053-581-6997
홈페이지 www.broccoliwood.com **인스타그램** broccoliwood_ **전자우편** gwangin@hanmail.net

ⒸTM하지영 2024   ISBN 979-11-89847-96-8 73810